IL GIRO DEL MONDO IN 80 GIORNI

di Jules Verne

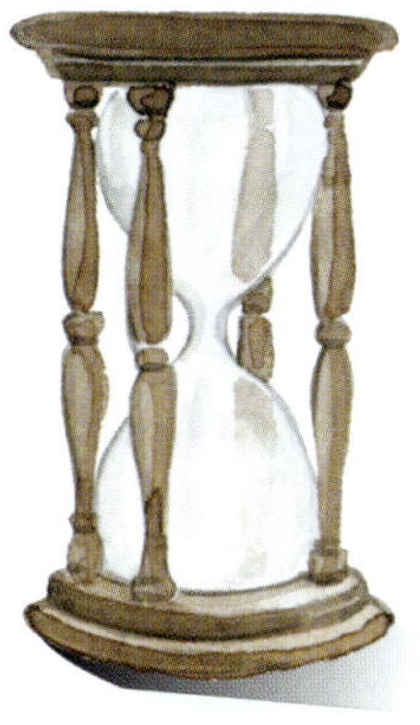

LISCIANI

Il giro del mondo in 80 giorni di Jules Verne
Collana *Le letture di Piccolo Genio*

Illustrazioni *Rosanna Giampaolo*
Editing *Redlig*
Impaginazione e approfondimenti *L&L Comunicazione*

Stampato in Italia

via Ruscitti, 10 - Zona Ind.le S. Atto - Teramo

www.liscianigroup.com

NOTA PER GENITORI E INSEGNANTI

Questa collana ripropone i classici della narrativa per ragazzi a tutti i bambini di 6-8 anni che si avvicinano alla lettura in modo graduale e consapevole.
I testi originali sono stati ridotti e corredati di box operativi **Oltretesto** che facilitano i piccoli lettori nella comprensione della storia e offrono spunti didattici per riflettere sulla lingua.
In più, collegandosi al sito www.liscianigroup.com, è possibile scaricare la versione audio dei testi, un utile strumento per abituarsi a pronunciare correttamente le parole e a leggere a voce alta con espressione.

I box **Oltretesto** sono collegati con alcune parole-chiave evidenziate in arancio e in azzurro.

- Le parole evidenziate in arancio rimandano ai box *Il mondo delle scoperte*, con curiosità e approfondimenti che mettono in evidenza aspetti e retroscena che aiutano il bambino nella comprensione della storia.
- Le parole-chiave evidenziate in azzurro rinviano invece ai box *Il mondo delle parole*, con note e spunti didattici per riflettere sul significato di alcuni termini e sul loro contesto d'uso, al fine di arricchire il patrimonio lessicale dei bambini.

INDICE

Oltretesto

Il mondo delle scoperte

Oltretesto

Il mondo delle parole

IL SIGNOR FOGG E IL NUOVO DOMESTICO

Anno 1872. In uno dei quartieri alti di Londra, viveva un curioso personaggio, un certo signor Phileas Fogg. Chi era questo gentleman? Nessuno poteva dirlo con certezza. Era ricco? Assolutamente sì. Come lo era diventato rimaneva un mistero. Del resto, parlava pochissimo di sé.

Non era prodigo, ma neppure avaro. Faceva tutti i giorni le stesse puntualissime azioni. Forse aveva viaggiato, un tempo, perché aveva una conoscenza approfondita di ogni luogo più lontano e padroneggiava perfettamente la mappa del mondo. Nessuno aveva mai sentito parlare di suoi parenti o amici. Fatta colazione, pranzava al club a ore determinate, nella stessa sala, alla stessa tavola. Rincasava solo per andare a letto.

La sua casa - al numero 7 di Saville Row - era confortevole ma non sontuosa. Un solo domestico bastava a servirlo e una sola cosa il signor Fogg esigeva da lui: la puntualità. Un'esattezza e una precisione straordinarie.

Il giorno di cui stiamo parlando, il 2 ottobre del 1872, il signor Fogg aveva licenziato il suo domestico perché costui gli aveva portato l'acqua per la barba leggermente più fredda rispetto al solito e questo fatto gli era parso senz'altro inaccettabile.

Ora, alle undici e ventinove del mattino, orario in cui usciva abitualmente di casa per recarsi al club, il signor Fogg sentì bussare alla porta: era Jean **Passepartout**, il suo nuovo domestico. Si presentarono brevemente, poi Fogg gli affidò la casa per recarsi, come al solito, al club.

«Francamente» pensò Passepartout «di uomini come il signor Fogg ne esistono davvero pochi!».

Il mondo delle parole

Passepartout è una parola di origine francese che indica una **chiave speciale** in grado di aprire tutte le serrature. Può essere tradotta in italiano come "passa-dappertutto". L'autore usa questo termine come cognome del nuovo domestico proprio per indicare l'utilità di tale personaggio!

Oltretesto

Nei pochi istanti in cui aveva intravisto il suo futuro padrone, Passepartout ne aveva capito il carattere: Fogg era distinto, flemmatico, un perfetto equilibrio di calma ed efficienza. Non andava mai di fretta, eppure riusciva ad essere, in qualunque momento, matematicamente pronto.

Passepartout, parigino di Parigi, non cercava altro che un padrone a cui legarsi. Era un bravo ragazzone, con la testa rotonda, il viso grassoccio, gli occhi

azzurri e un bel colorito roseo. Aveva un carattere amabile ed espansivo.

Sarebbe andato d'accordo col signor Fogg? E chi poteva dirlo? Solo il tempo. Di sicuro aveva bisogno di un po' di riposo e di una vita più metodica, dopo una gioventù passata a vagabondare fra Francia e Inghilterra.

Quando si ritrovò da solo, Passepartout capì che anche la casa faceva proprio al caso suo. La stanza che gli era stata assegnata era perfetta. Sul pendolo c'erano le istruzioni dettagliate dei suoi compiti quotidiani e l'elenco delle abitudini di Fogg. Poi, dopo aver esaminato tutta la casa, Passepartout sorrise e disse:

«Mi va! Ci intenderemo alla perfezione io e il signor Fogg!».

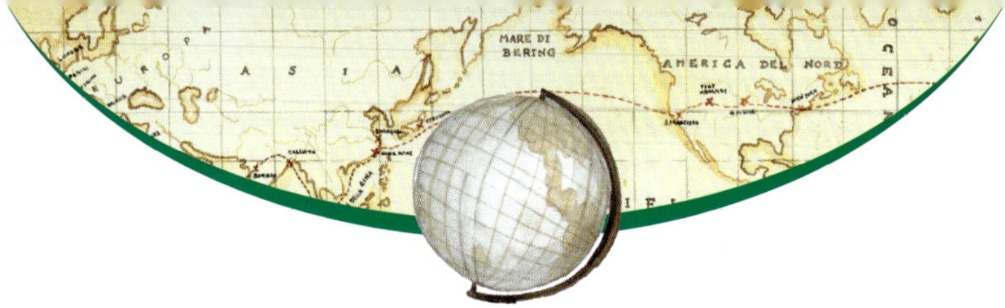

LA GRANDE SCOMMESSA

In quel giorno, nella grande sala del club, durante la consueta partita di **Whist**, a cui Fogg amava giocare con alcuni soci, si parlò di un clamoroso furto alla Banca d'Inghilterra: era sparita un'enorme somma di denaro e il ladro non aveva lasciato tracce.

«Sono certo che sarà il ladro a spuntarla» disse il signor Stuart.

Il mondo delle scoperte

Il **Whist** è un gioco di carte nato in Inghilterra che significa "silenzio" perché non è permesso parlare! Le regole sono semplici ma il gioco richiede una grande osservazione, memoria e strategia. Fu molto popolare in passato, tanto da diventare il passatempo preferito degli aristocratici inglesi. Oggi esistono molti giochi che derivano dal Whist, come il famoso Bridge.

Oltretesto

«Sciocchezze!» ribatté il signor Ralph «Hanno inviato i migliori ispettori di polizia nei principali porti d'America e d'Europa. Dove volete che vada?».

«Non saprei, la Terra è abbastanza vasta».

«Lo era forse una volta» mormorò distrattamente il signor Fogg.

«Come sarebbe a dire "lo era una volta"?» domandò Stuart.

«Ha ragione il signor Fogg» intervenne il signor Sullivan.

«La Terra, in un certo senso, si è rimpicciolita: con i mezzi di oggi, la si può percorrere con un decimo del tempo necessario cent'anni fa».

«Secondo i giornali» aggiunse Ralph «bastano appena tre mesi».

«Ottanta giorni» precisò Fogg.

«Esatto» confermò Sullivan, il quale mostrò la pagina di un quotidiano.

«Da Londra a Suez, con ferrovia e vapore; da Suez a Bombay, in vapore; da Bombay a Calcutta, col treno; da Calcutta a Hong Kong, in vapore; da Yokohama a San Francisco, in vapore; da San Francisco a New York, in treno; da New York a Londra, in vapore e treno. Il tutto in ottanta giorni».

«Sì, d'accordo, ma senza contare il tempo cattivo e i venti contrari!» esclamò Stuart.

«Ottanta giorni tenendo conto di tutto» ripeté Fogg.

«Per carità! Scommetterei quattromila sterline che un viaggio del genere è impossibile» disse allora il signor Stuart.

«Beh, ho ventimila sterline depositate presso i Fratelli Baring, le rischierò volentieri!» rispose Fogg.

«E lei» chiese meravigliato il signor Sullivan «rischierebbe davvero una somma del genere? Ma andiamo, signor Fogg! Ottanta giorni sono stati calcolati come tempo teorico!».

«L'imprevisto non esiste» insisté Fogg «e un tempo minimo, se ben impiegato, è sufficiente. Scommetto ventimila sterline che farò il giro del mondo in ottanta giorni, millenovecentoventi ore, centoquindicimiladuecento minuti. Accettate?».

«Accettiamo!» risposero tutti in coro.

Alle sette e cinquanta esatte, Passepartout vide arrivare il suo padrone in larghissimo anticipo. Fogg salì in camera sua e, dopo un po', chiamò: «Passepartout!».

Il domestico apparve.

«Tra dieci minuti partiamo!» disse Fogg. «Faremo il giro del mondo in ottanta giorni».

Il domestico spalancò gli occhi e sussurrò: «Il giro del mondo...».

Fogg gli porse subito una valigetta e disse: «Compreremo quel che ci occorre per strada. Ecco, in questa valigia ci sono ventimila sterline. Andiamo!».

Alle otto in punto i due uscirono di casa per andare in stazione.

Lì, Fogg incontrò i suoi compagni di Whist.

«Ci rivedremo fra ottanta giorni! Vale a dire sabato 21 dicembre 1872, alle otto e quaratancinque di sera. Arrivederci, signori!» disse, e salì sul treno in partenza.

L'ARRIVO A SUEZ E L'ISPETTORE FIX

A Londra, la notizia della scommessa di Phileas Fogg finì presto sui giornali. Tutti concordavano sul fatto che quel gentleman non ce l'avrebbe fatta. Per vincere la scommessa, gli orari di treni e navi dovevano incastrarsi alla perfezione e, se ciò era difficile nella moderna Europa industriale, figuriamoci in territori vasti e selvaggi come l'India o gli Stati Uniti!

Alla polizia londinese venne addirittura il sospetto che la "scommessa" fosse in realtà un pretesto per scappare con la refurtiva: probabilmente, era proprio Fogg il ladro che aveva sottratto alla Banca d'Inghilterra la bellezza di cinquantamila

sterline! E così Phileas Fogg, da scommettitore avventato, era diventato, per la polizia inglese, un temutissimo ladro.

Persino la sua fotografia corrispondeva con i dati raccolti dagli investigatori.

Il detective Fix, uomo di punta di Scotland Yard, aveva ricevuto le informazioni sul presunto ladro e si era recato subito a Suez, in Egitto, per controllare ogni persona sospetta in quell'importante punto di passaggio tra l'Europa e l'Asia. Era deciso ad acciuffare quel ladro e voleva mettere le mani sulla taglia che la banca inglese aveva promesso a chiunque fosse riuscito a catturarlo: cinquemila sterline!

Quando un'enorme nave chiamata Mongolia, proveniente da Brindisi e diretta a Bombay, approdò a Suez, Fix si mise a studiare attentamente tutti quelli che mettevano piede a terra. Tra questi, c'era un uomo che si sbracciava agitato in quella confusione di facchini e passeggeri. Quell'uomo era Passepartout. Il domestico stava cercando di ottenere una firma sul passaporto di Fogg come prova del loro passaggio da Suez.

Fix, allora, si avvicinò al ragazzo e gli afferrò il passaporto, per darci un'occhiata. I dati non corrispondevano affatto all'uomo che aveva di fronte, ma coincidevano con quelli del ladro.

«Questo passaporto non è il vostro, vero?» chiese l'ispettore.

«No, è del mio padrone, che è a bordo» rispose Passepartout.

«Bene, il suo padrone deve presentarsi negli uffici del consolato britannico. Dobbiamo fare dei controlli sul suo passaporto».

«Sì, signore, ma non credo che sarà molto contento di questo fuori programma». Detto ciò, Passepartout se ne tornò a bordo della grande nave.

DA SUEZ A BOMBAY

Il piroscafo dal quale scese il signor Fogg era davvero imponente. Tutto in ferro, pesava ben duemilaottocento tonnellate e, dopo la breve sosta a Suez, sarebbe ripartito alla volta di Bombay a tutto vapore.

Fix si recò negli uffici del consolato per informare il console britannico e, soprattutto, per cercare di convincerlo a trattenere Phileas Fogg. Quindi si nascose in un angolo dell'ufficio, dove avrebbe aspettato l'arrivo di quell'uomo misterioso. Quando il gentleman si presentò con la sua aria distinta, il console non poté far altro che firmare il passaporto, rivolgergli qualche domanda di circostanza e augurargli buon viaggio. Fix, di fronte ai gesti misurati del signor Fogg, si convinse invece di avere a che fare con un ladro ancor più astuto del previsto. Al detective non restava che imbarcarsi sul Mongolia, avvisare subito la polizia inglese che il ladro era stato individuato, chiedere tramite telegramma un mandato d'arresto e intanto tenerlo d'occhio, senza destare sospetti. Lo avrebbe osservato con cautela, servendosi di quel francese, il domestico, che gli sembrava un uomo ingenuo ed espansivo. Quando Fix incontrò Passepartout, infatti, questi **attaccò subito bottone**: «Sto vedendo l'Africa, signore, roba da non credere! E io che pensavo che non saremmo arrivati oltre Parigi! E invece, Parigi l'abbiamo vista per poco più di un'ora, da una stazione all'altra; ora, dopo soli sei giorni di viaggio, siamo addirittura in Egitto!».

«Avete molta fretta, vedo...» disse l'ispettore.

«Non io, ma il mio padrone sì, eccome! Devo andare a comprare subito calze e camicie perché siamo partiti all'improvviso e con pochi bagagli. Devo fare presto!».

«E dove è diretto il vostro padrone?» chiese Fix, sempre più incuriosito.

Il mondo delle parole

Attaccare bottone è un'espressione che vuol dire **trattenere qualcuno con una conversazione lunga.**

Oltretesto

«Sempre dritto, fa il giro del mondo. Una scommessa, a quanto pare. Ma, detto tra noi, ci dev'essere sotto qualcos'altro...».

«Davvero originale il vostro padrone... Ditemi, è molto ricco?» incalzò Fix.

«Perbacco! Non bada a spese! Ha promesso persino un compenso al capitano del Mongolia se arriveremo a Bombay in anticipo».

«E lo conoscete da molto, il vostro padrone?».

«Macché! Sono entrato in servizio il giorno della partenza!».

A questo punto il detective Fix non aveva dubbi. Tutto confermava i suoi sospetti: i dati segnaletici, la strana storia della scommessa. E poi, cos'era tutta questa fretta? E perché Passepartout conosceva così poco il suo padrone?

Intanto i piani di Fogg procedevano a meraviglia.

Alle due in punto del pomeriggio del 9 ottobre, il Mongolia si apprestava a lasciare il canale di Suez e a prendere il largo, diretto verso l'India.

La vita a bordo era piacevole. Nonostante il maltempo e il vento, tutto andava alla perfezione. Fogg, per nulla preoccupato del viaggio, manteneva sulla nave le abitudini di sempre: consumava regolarmente i suoi pasti e giocava tutto il giorno a Whist. Raramente si soffermava sul ponte ad ammirare lo splendido paesaggio del Mar Rosso. E Passepartout cosa faceva? Se la spassava, quel brav'uomo! Mangiava e beveva e si intratteneva in lunghe chiacchierate con il detective Fix, il quale, per ottenere qualche informazione, gli offriva volentieri da bere. Intanto il Mongolia, che viaggiava a tutta velocità col favore del vento, avvistò la costa indiana con due giorni di anticipo: arrivò alle quattro in punto del pomeriggio del giorno 20 ottobre anziché del 22.

L'INCREDIBILE AVVENTURA INDIANA

L'India, sterminato territorio a forma di triangolo rovesciato, era, ai tempi dei nostri avventurieri, quasi totalmente sotto il controllo britannico.

Quando il signor Fogg scese dal Mongolia, andò subito alla ricerca del consolato per farsi firmare il passaporto. Prima, però, incaricò Passepartout di fare acquisti per il viaggio, dandogli appuntamento in stazione alle otto, ora in cui avrebbero preso il treno per Calcutta, la grande città indiana che si affaccia sul Golfo del Bengala.

L'agente Fix, invece, andò di corsa alla polizia di Bombay per verificare se il mandato d'arresto di Fogg fosse già arrivato. Il mandato, partito da Londra con qualche giorno di ritardo rispetto a Fogg, non era ancora arrivato.

Fix, allora, si mise senza perder tempo sulle tracce di

Fogg: lo trovò che cenava beatamente in stazione, degustando piatti ricchi di spezie, assolutamente ignaro di ciò che stava succedendo attorno a lui.

Mentre Fogg aspettava l'ora della partenza per nulla incuriosito dalla città, Passepartout girava incantato per le strade. Passando vicino alla splendida **pagoda**, al brav'uomo venne l'idea di visitarne l'interno.

Ignorava, però, che l'ingresso fosse assolutamente vietato ai cristiani. Ed entrò addirittura senza togliersi le scarpe! Quando lo videro, tre sacerdoti gli si buttarono addosso e lo picchiarono selvaggiamente.

Passepartout si divincolò e riuscì a scappare, ma nella zuffa perse la spesa e persino le sue scarpe!

Il mondo delle scoperte

La **pagoda** è un edificio sacro, simile a una torre di diversi piani. Le pagode sono costruzioni tipiche della religione buddista e scintoista e sono diffuse in diverse regioni dell'Asia (Cina, India, Giappone).

Oltretesto

Scalzo, abbacchiato, mortificatissimo, il domestico giunse in stazione appena in tempo e lì trovò Fogg pronto per partire. Gli spiegò ogni cosa e il padrone disse soltanto: «La prossima volta fate più attenzione!».

Fix, nascosto, li vide partire, ma piuttosto che inseguirli e rischiare così di farsi scoprire, decise di rimanere a Bombay ad aspettare il mandato d'arresto. Una volta ottenuto, li avrebbe raggiunti a Calcutta.

Alle otto, come previsto, i due avventurieri salirono sul treno, la locomotiva lanciò un fischio acuto e poi sparì nella notte.

Nello scompartimento in cui si sedette, Fogg ritrovò un compagno del Mongolia con cui aveva giocato per lungo tempo a Whist: sir Cromarty, un vecchio generale in pensione. Quest'ultimo, quando seppe della scommessa di Fogg, restò ammirato da quell'uomo così originale. Il generale, poi, fece notare a Fogg quanto erano difficili le vie di comunicazione prima della costruzione della ferrovia e che un tempo gli imprevisti sarebbero stati molti di più. Passò la notte e al mattino, alle otto, il treno si fermò di colpo.

«I viaggiatori scendano. La ferrovia termina qui!» gridò il capotreno.

Erano ben lontani da Calcutta. La ferrovia, infatti, non era stata ultimata e terminava nel bel mezzo del villaggio di Kholby, per riprendere, poi, in una città lontana più di cinquanta miglia: Allahbad.

Passepartout era disperato, ma Fogg, con molta calma, disse:

«Signori, tranquilli! L'ostacolo era stato già calcolato. Il vapore da Calcutta per Hong Kong parte il 25 ottobre e ho ancora due giorni di tempo racimolati sul Mongolia da spendere liberamente. Dobbiamo trovare un mezzo che ci porti nella città di Allahbad. Non v'è dubbio che vi riusciremo».

Attraversando il paese, i tre uomini videro un indiano a cavallo di un elefante. Fogg decise di acquistarlo: lo pagò ben duemila sterline. Una cifra veramente astronomica!

Quindi trovarono una guida che li accompagnasse nella giungla fino al treno per Calcutta. Presero posto nelle grandi ceste sulla groppa del **pachiderma** e si diressero verso l'intricata foresta.

Sir Cromarty, invitato da Fogg, andò

con loro. Viaggiare sulla groppa di un elefante non era affatto agevole. Il paesaggio si faceva via via sempre più impervio: alla foresta seguivano macchie di palme nane e tamarindi, poi zone aride con arbusti e massi rocciosi.

Erano zone incontaminate, in cui ogni tanto si udiva il verso di qualche animale selvatico.

Nella zona che stavano attraversando, spiegava la guida, viveva una tribù che ancora praticava l'atroce rito dei sacrifici umani.

Il mondo delle parole

Pachiderma significa "pelle spessa". Si riferisce al tipo di pelle dura che accomuna un gruppo di grossi mammiferi. Il nome viene usato per indicare elefanti e ippopotami.

Oltretesto

Con l'arrivo della notte e dopo aver percorso circa venticinque miglia, più o meno a metà del tragitto, la guida decise di fare una sosta per far riposare Kiuni, l'elefante. Si addormentarono tutti stanchissimi.

Durante la notte, la guida fece un balzo che svegliò gli altri. Si sentivano delle voci, come grida o canti terribili. Era una processione di uomini che si stava muovendo verso di loro. Gli uomini avevano i volti dipinti e procedevano danzando attorno ad una statua. La statua, portata in spalla da alcuni di loro, aveva un aspetto orribile.

«È la dea Kali» disse Cromarty «la dea dell'amore e della morte».

Il mondo delle scoperte

I **bramini** sono i più alti sacerdoti della religione induista, così come i cardinali della Chiesa Cattolica. I riti in onore degli dei erano piuttosto comuni in passato (non solamente in India) e i bramini avevano il diritto esclusivo di eseguirli.

Oltretesto

Dietro la statua, alcuni **bramini** trascinavano una donna bellissima, legata, seguita da guardie armate di sciabole.

La guida capì subito e spiegò: «Nascondiamoci, presto! Questa donna deve essere rimasta vedova. In questa religione è usanza innalzare un rogo alla dea Kali, in cui la vedova viene bruciata viva assieme al cadavere del marito».

«Ma è terribile!» esclamò Passepartout.

«E se provassimo a salvare quella donna?» disse Fogg. «Dopotutto, ho ancora dodici ore di anticipo. Perché non tentare?».

«Allora siete un uomo di cuore!» esultò il domestico.

«Qualche volta...» rispose Fogg «quando ne ho il tempo».

La processione si stava dirigendo verso la pagoda di Pillaji, a circa due miglia da dove si trovavano. La donna sarebbe rimasta nel tempio fino all'alba del mattino seguente, quando si sarebbe consumato quell'orrendo sacrificio. Fogg e gli altri, allora, decisero di seguire il corteo funebre senza farsi vedere.

Dovevano salvare quella povera ragazza prima dell'alba.

Nella notte, però, le guardie non persero di vista le porte di accesso al tempio e così, a Fogg e ai suoi compagni, non restò che aspettare il momento in cui la giovane sarebbe stata trasportata fuori dalla pagoda.

Quando la donna venne messa sul rogo priva di sensi, Fogg e Cromarty affrontarono di petto la folla **invasata**.

Stavano senz'altro per essere catturati quando, tutt'a un tratto, i bramini videro un uomo levarsi dalle fiamme, come un fantasma. Ebbero qualche istante di smarrimento: il cadavere era vivo!

Il mondo delle parole

Invasato significa **esaltato, indemoniato, dominato da una forte passione**: *gridava come un invasato.*

Oltretesto

Ma non era un fantasma! Era il nostro Passepartout, che aveva approfittato della confusione per portare via la ragazza a gambe levate! Ci volle qualche minuto perché i sacerdoti si accorgessero dell'inganno, ma a quel punto Fogg, la donna e gli altri erano già sull'elefante, in viaggio verso il treno di Allahbad.

Quella giovane indiana si chiamava Auda; quando si svegliò, ringraziò i suoi salvatori e i suoi bellissimi occhi neri si bagnarono di lacrime. Era una donna molto colta e parlava un inglese perfetto. Era figlia di ricchi mercanti indiani, che avevano fatto fortuna commerciando con l'Inghilterra. Rimasta orfana, era stata data in sposa a un vecchio sacerdote, morto dopo tre mesi.

Ora che era stata salvata dal rogo, spiegò la guida, sarebbe stata perseguitata e per questo doveva fuggire dall'India.

Non c'era nessuno che poteva ospitarla, tranne uno zio, che però viveva a Hong Kong, in Cina, a più di trentacinquemila miglia da Calcutta.

«Bene, signora» disse Fogg senza scomporsi. «Si dà il caso che noi siamo diretti proprio a Hong Kong. Se non le dispiace, l'accompagneremo fino a lì e poi ci saluteremo».

Auda, ma anche Passepartout, non potevano credere a tanta generosità. La donna accettò e ringraziò commossa.

Quando giunsero ad Allahbad, in perfetto orario, Fogg congedò la guida indiana; la pagò e, non sapendo cosa fare dell'elefante, glielo regalò. L'indiano ne fu sorpreso e felicissimo.

Poi Fogg incaricò Passepartout di comprare dei vestiti adeguati alla signora, un abbigliamento adatto ad affrontare quel lungo viaggio. Quando tornò, tutti insieme salirono sul treno per Calcutta.

Il treno, che attraversava la meravigliosa valle del Gange, fiume sacro della penisola indiana, fece un'unica sosta: a Benares. Lì scese sir Cromarty.

Il generale, prima di congedarsi, rivolse a Passepartout parole d'elogio per il grande atto di eroismo e quel bravo ragazzo, un po' timido, arrossì tutto davanti alla bellissima Auda.

Il viaggio proseguì senza intoppi fino a Calcutta. Phileas Fogg, Auda e Passepartout salirono così sulla nave diretta a Hong Kong, chiamata Rangoon.

Con loro, ma senza farsi vedere, s'imbarcò anche l'agente Fix! Fix, sì proprio lui, l'ispettore inglese che avevamo lasciato a Bombay!

Lì l'agente aveva atteso invano il mandato d'arresto per Fogg. Per niente rassegnato, si era rimesso sulle tracce del suo ladro, deciso a seguirlo fino in capo al mondo.

Lungo la rotta per Hong Kong, il Rangoon attraversò l'arcipelago delle Andamane, che offriva ai passeggeri uno spettacolo meraviglioso: le isole erano ricche di una vegetazione lussureggiante, fatta di palme, bambù, gigantesche mimose.

Fogg, come sempre, rimaneva impassibile dinnanzi a tanta bellezza, ma ad Auda questo fatto non dispiaceva: era anzi intenerita da quell'insolito, imperturbabile e curioso gentleman.

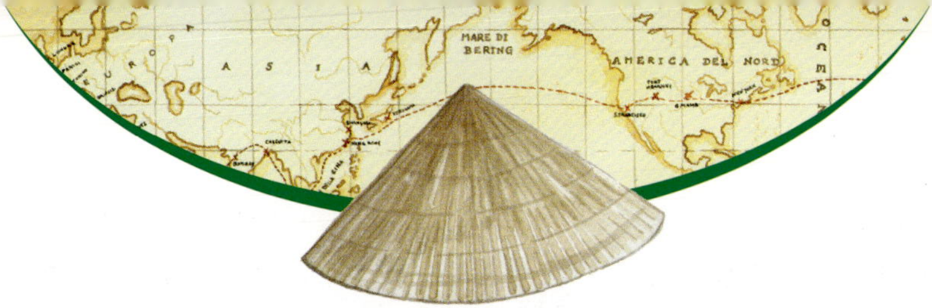

DALL'INDIA ALLA CINA

A bordo della nave, Fix rimase per un po' nascosto nella sua cabina per evitare l'incontro con Passepartout. Ma dopo qualche giorno, il domestico si accorse della presenza del detective. Il ragazzo non riusciva a spiegarsi tutte quelle strane coincidenze: aveva incontrato l'ispettore a Suez e ora, addirittura, se lo ritrovava sulla nave per Hong Kong! Si ricordò pure delle continue domande che l'agente faceva sul conto del signor Fogg. Ad un tratto, pensa che ti pensa, credette di trovare la soluzione: Fix era l'uomo mandato dai soci del club di Londra per controllare che il viaggio del signor Fogg fosse regolare! Come poteva sapere che Fix, in realtà, era un agente di polizia sulle tracce di un ladro? E che il ladro in questione fosse addirittura il suo padrone?

Mancavano pochi giorni di viaggio e tutto filava liscio come l'olio. La natura e le macchine sembravano al servizio di Phileas Fogg: gli ingranaggi e le coincidenze

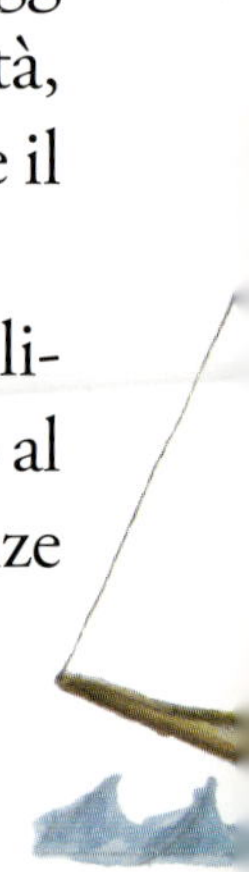

si incastravano alla perfezione. A tre giorni dall'arrivo, però, una burrasca rallentò la corsa della nave. Il piroscafo, infatti, dovette abbassare le vele e ridurre al minimo la velocità per evitare di scontrarsi con le onde gigantesche e imbarcare acqua.

Ma, mentre Fogg sembrava non badare all'enorme rischio che stava correndo, tanto era impassibile, Passepartout ci pensava in continuazione e inveiva, si disperava, si agitava: una mezza giornata di ritardo voleva dire perdere la coincidenza per Yokohama!

Un'altra persona si agitava su quella nave, ma per motivi opposti a quelli di Passepartout: era Fix che, pur soffrendo il mal di mare, sperava invece in un imprevisto che facesse rimanere Fogg a Hong Kong per qualche giorno, giusto il tempo di far arrivare quel dannato mandato d'arresto!

Poi, il cielo si schiarì e il 6 novembre, con ventiquattro ore di ritardo, la nave attraccò. La coincidenza era persa: bisognava aspettare otto giorni per la nave successiva! Passepartout andò al porto per avere conferma e proprio lì avvenne un miracolo: il Carnatic, il battello per Yokohama, aveva posticipato la partenza di ventiquattro ore per un guasto.

La scommessa era ancora in gioco! Fogg apprese la notizia senza fare una piega, poi organizzò il pernottamento per tutti, prenotò un albergo e sistemò la dolce Auda nel migliore dei modi. Si recò poi alla Borsa per chiedere personalmente di quello zio mercante che la donna avrebbe dovuto incontrare. Ma il mediatore a cui si rivolse gli disse che il parente della signora si era da tempo trasferito in Olanda. Fogg

allora invitò Auda ad andare con loro fino in Europa. La donna rimase nuovamente senza parole.

«Passepartout! Andate subito alla biglietteria del porto e prenotate tre cabine sul Carnatic» disse Fogg. Il domestico seguì l'ordine e corse dritto verso il porto. Camminando, vide l'ispettore Fix.

Notò che l'uomo era particolarmente nervoso. Il detective aveva tutte le ragioni per esserlo: nemmeno ad Hong Kong era arrivato il mandato d'arresto, bisognava aspettare ancora qualche giorno. Fix doveva in tutti modi trattenere Fogg per un altro po' di tempo, dato che Hong Kong era l'ultima colonia britannica dell'oriente e quindi l'ultimo posto in cui la polizia inglese sarebbe potuta intervenire.

Passepartout gli si avvicinò: «Allora, signor Fix, venite con noi anche in America?» chiese il giovane.

«Sì!» rispose l'ispettore a denti stretti.

Al porto i due uomini appresero che il guasto del Carnatic era stato risolto prima del previsto. Potevano quindi partire la sera stessa.

«Bene!» esclamò Passepartout «Il mio padrone ne sarà felice!».

A quel punto, Fix decise di prendere tempo e pensò

di confessare tutti i suoi sospetti a quel brav'uomo.

Lo invitò quindi a bere un buon bicchiere di vino in una taverna del porto. Fix offrì al domestico del vino Porto e poi gli confidò i suoi sospetti, gli elencò gli indizi contro Fogg e gli raccontò dell'inseguimento e del mandato d'arresto. Il ragazzone, incredulo, non sapeva proprio cosa pensare. L'ispettore gli chiese anche di aiutarlo a trattenere il ladro a Hong Kong. Passepartout si alzò e disse:

«Mai! Il mio padrone non è un ladro! Devo avvisarlo che la nave partirà prima del previsto!».

Poi, ad un tratto, svenne. Non si era accorto di aver bevuto troppo! Passepartout, insomma, era caduto nel **losco** gioco di Fix!

Il mondo delle parole

Losco è un aggettivo che significa **sospetto, disonesto**: *il gatto e la volpe sono due tipi loschi; quell'affare mi sembra losco; tipo losco, gente losca.*

Oltretesto

FOGG E PASSEPARTOUT SI SEPARANO

L'indomani mattina Fogg scoprì, non senza una certa sorpresa, che il domestico non era rientrato in albergo.

Senza scomporsi, andò al porto per imbarcarsi sul Carnatic e lì s'imbatté nell'ispettore Fix. Subito dopo apprese che il piroscafo era già partito!

Ma dov'era allora Passepartout? Forse, non potendo avvisare il suo padrone, si era imbarcato da solo... In ogni caso, bisognava rimediare.

Il signor Fogg, con molta calma, si avvicinò al proprietario di una piccola imbarcazione.

«Come posso esservi utile, signore?» chiese il capitano.

«Fila bene la vostra nave?» domandò Fogg.

«Certo signore, dalle otto alle nove miglia all'ora».

«E allora ve la sentireste di condurmi a Yokohama?» gli chiese il gentleman. «Dovrei prendere da lì il vapore per San Francisco».

«Impossibile!» rispose secco il capitano.

«E se vi offro cento sterline al giorno?».

«Ma, signore, quella città è troppo lontana per una nave così piccola!».

Fix fu sollevato da quella risposta. Fogg stava andando via, quando il capitano lo fermò. Gli disse: «La nave per San Francisco fa scalo a Yokohama, ma... parte da Shangai, che è a sole ottocento miglia da qui!».

«Siete certo?» gli chiese Fogg.

«Certissimo, signore» assicurò.

«Affare fatto, allora!». Poi, rivolgendosi all'ispettore Fix, disse: «Gradite un passaggio, signore?».

«Davvero molto gentile» rispose l'ispettore, verde di rabbia.

E così, dieci minuti dopo le tre, le vele della piccola goletta Tankadère vennero issate. A bordo vi salirono il signor Fogg in compagnia di Auda, Fix, il proprietario della nave e i suoi quattro robusti marinai.

Navigando fra i canali di Hong Kong, la nave si com-

portò magnificamente. Auda e Fogg si chiedevano che fine avesse fatto Passepartout. La cosa più probabile era che l'uomo si fosse imbarcato sul Carnatic e quindi c'era ancora una piccola speranza di trovarlo a Yokohama.

Ci sarebbero voluti quattro giorni esatti per raggiungere Shangai, e cioè proprio il tempo che Fogg aveva a disposizione. Il gentleman, allora, incoraggiò l'equipaggio: oltre al loro stipendio, i marinai avrebbero avuto un premio di duecento sterline se fossero arrivati in orario. Fix, naturalmente, sperava che Fogg perdesse la coincidenza.

All'alba del secondo giorno di viaggio, il capitano annunciò l'arrivo di una tempesta.

L'intensità del vento cominciò ad aumentare e la nave rischiò ben due volte di essere rovesciata dalle onde.

Quando le acque si quietarono, il ritardo accumulato sembrava ormai irrecuperabile.

All'ora della coincidenza, infatti, si trovavano ancora a tre miglia dal porto di Shangai.

Fogg vide così il vapore americano prendere il largo, in perfetto orario, alla volta di Yokohama.

Con assoluta calma e fermezza, chiamò i marinai e ordinò: «Bandiera a mezz'asta! Colpo di cannone!».

Quelli, prontamente, eseguirono il comando.

Gli uomini della nave notarono il segnale di aiuto e si avvicinarono alla piccola imbarcazione.

La scommessa, ancora una volta, era salva per un pelo: Fogg, Auda e Fix riuscirono così a imbarcarsi sul piroscafo.

E Passepartout? Dov'era finito?

In preda alle allucinazioni, barcollante, senza rendersene conto era uscito dalla taverna ed era davvero salito sul Carnatic!

Quando si riprese, il mattino dopo, ricordò tutto e fu preso dallo sconforto: il signor Fogg e Auda non erano con lui e, per giunta, stando a quello che gli aveva raccontato il detective la sera prima, il suo padrone era accusato di essere un criminale!

Era disperato e senza soldi. Così, quando giunse a Yokohama, decise di andare un po' a zonzo, affidandosi alla fortuna. Mentre camminava per le vie della città, d'un tratto, lesse un cartello:

COMPAGNIA ACROBATICA GIAPPONESE
ULTIME RAPPRESENTAZIONI DEI NASI LUNGHI
PRIMA DELLA PARTENZA PER GLI STATI UNITI D'AMERICA
GRANDE ATTRAZIONE!

«Gli Stati Uniti! Ecco cosa fa al caso mio!» esclamò.

Decise subito di fare un colloquio con il capo della compagnia di acrobati. Con questo lavoro, avrebbe racimolato i soldi per imbarcarsi il più presto possibile per l'America. Forse c'era ancora una speranza di rivedere il signor Fogg! Il capo della compagnia lo assunse subito come tuttofare; poi gli assegnò un ruolo molto delicato: avrebbe dovuto sostenere, nel prossimo spettacolo, la cosiddetta Piramide umana dei Nasi Lunghi!

Gli fu consegnata una maschera dal naso lunghissimo; senza batter ciglio, si sistemò a terra assieme agli altri componenti della base, tutti col naso rivolto all'insù. A questo punto, una seconda schiera si posò su quelle lunghe appendici e poi una terza si poggiò sopra la seconda, fino a formare un grande monumento umano. Tutto sembrava andare alla perfezione e la sala era gremita di gente che applaudiva estasiata. Passepartout se la cavava a meraviglia... Ma proprio quando lo spettacolo era giunto al suo culmine, Passepartout vacillò, facendo franare la piramide umana. Il giovane, allora, scappò verso le gradinate e lì inciampò con uno spettatore.

Meravigliato, esclamò: «Signor Fogg! Non posso crederci! Che grande gioia! Lei è qui!».

LA TRAVERSATA DEL PACIFICO

Fogg e Passepartout si erano rincontrati a Yokohama nel più strano e rocambolesco dei modi. Auda era felicissima di rivedere il suo giovane eroe e, allo stesso tempo, era sempre più affascinata dalla generosità discreta del signor Fogg.

Così, ritrovatisi, i tre si imbarcarono sulla portentosa General Grant diretta a San Francisco.

Degli ottanta giorni che aveva a disposizione, Fogg ne aveva spesi già cinquantadue. Ma adesso, nell'oceano Pacifico e con il bel tempo appena arrivato, non avrebbe perso altri giorni. Era ancora fermamente convinto di poter arrivare a Londra alle otto e quarantacinque del 21 dicembre.

Anche l'ispettore Fix si trovava a bordo del General Grant, proprio come il presunto malfattore.

Stava nascosto nella sua cabina. Se in Asia il suo

obiettivo era stato quello di fermare Fogg in una delle colonie inglesi, ora che era diretto verso gli Stati Uniti, voleva accelerare la corsa per far tornare in patria il ladro e farlo arrestare. Ma quando, per caso, Passepartout lo vide sulla sua stessa nave, il domestico gli saltò al collo e lo riempì di cazzotti: era solo colpa sua se aveva perso le tracce del signor Fogg!

Fix, con calma, gli spiegò le sue intenzioni: voleva aiutare Fogg a compiere il viaggio nel più breve tempo possibile. Passepartout si calmò e decise di non rivelare nulla al suo padrone, non voleva assolutamente impensierirlo con questa sciocchezza del furto alla banca e dell'inseguimento.

Le cose si sarebbero chiarite nel tempo e nel luogo più opportuni.

Quando, alle sette del mattino del 3 dicembre, la General Grant sbarcò a San Francisco, Fogg si informò sui treni per New York: la compagnia doveva attendere fino alle sei di sera. Decisero quindi di andare alla scoperta della città.

Mentre Passepartout faceva acquisti per il nuovo viaggio, Auda e Fogg incontrarono per strada proprio il detective Fix! Ma che strana coincidenza! Fix si era tenuto nascosto, anche dopo l'incontro con Passepartout, per tutta la traversata del Pacifico e ora fingeva di essere tanto meravigliato, quanto contento di vederli!

Poco dopo, i tre s'imbatterono in una folla concitata che gridava: «Viva Kamerfield! Urrà per Mandiboy!»

Era in corso l'elezione di un giudice di pace!

Subito gli incitamenti divennero insulti e dagli insulti si passò ben presto alle mani. Fix venne colpito alla testa da un pugno di un omone dalla barba rossa.

Fogg intervenne in sua difesa, esclamò: «Ci ritroveremo, Yankee!».

«Quando vorrete! Io sono il colonnello Stamp Proctor!» rispose l'uomo, che poi sparì nella calca.

Fogg mise al riparo Auda, soccorse il malconcio Fix e, in tutta tranquillità, disse: «Tornerò in America a cercare quell'uomo. Non sta bene che un inglese si lasci trattare in quel modo».

Il mondo delle parole

Yankee è una parola di origine incerta. All'interno del territorio degli Stati Uniti indica di solito gli abitanti del Nord America, nello specifico quelle persone che hanno legami socio-culturali con il New England (la parte Nord-Est degli USA che fu per prima colonizzata dagli Inglesi).

Oltretesto

DA SAN FRANCISCO A NEW YORK

Poi, i due si incontrarono con Passepartout e andarono a prendere il treno.
Avrebbero percorso in sette giorni tutta l'America da costa a costa, da San Francisco a New York, su una ferrovia lunga tremilasettecentosettantasei miglia.

C'era un solo grande pericolo per quel treno e per i viaggiatori: la strada ferrata attraversava una regione abitata dagli indiani e, quindi, ad alto rischio di assalti.

Il treno intanto correva a grandi sbuffi e si trovava già nella zona del Grande Lago Salato.

Fuori nevicava e faceva freddo. In una delle soste previste, esattamente a Green River, Auda si accorse che, tra i viaggiatori scesi a sgranchirsi le gambe, c'era anche il colonnello Stamp Proctor, quel rubicondo americano che nella rissa a San Francisco si era comportato in maniera così brutale. La cosa la preoccupava molto.

La giovane donna, infatti, si sentiva sempre più legata all'uomo che, sia pure con freddezza, non lasciava passare un giorno senza mostrarle un'assoluta devozione.

Sapeva benissimo che Fogg era un uomo d'onore e che certamente, vedendo Proctor sul treno, l'avrebbe sfidato a **duello**. Mise subito al corrente Passepartout e Fix e, insieme, cercarono di tenere Fogg lontano da quell'americano bellicoso. Decisero allora di distrarlo organizzando una partita a Whist, visto che anche Auda sapeva giocare.

Il mondo delle scoperte

Il **duello** avveniva per vendicare un torto o per difendere il proprio onore. Era un combattimento organizzato che seguiva regole ben precise! Di solito il duello avveniva all'alba e fuori città. Entrambi gli avversari dovevano avere le stesse armi e il combattimento poteva terminare alla prima ferita oppure durare finché uno dei duellanti non fosse in grado di continuare. Oggi i duelli sono vietati dalla legge e per risolvere una controversia ci si rivolge agli avvocati!

Oltretesto

A un tratto, nel bel mezzo della partita, si sentì una voce giungere da dietro le spalle di Fogg:

«Io giocherei quadri».

Auda, Fix e Passepartout tremarono: era il colonnello Stamp Proctor.

Senza fare una piega, Fogg disse semplicemente:

«Ah, siete voi! Io invece giocherei picche».

«Voi non capite nulla di questo gioco» disse Proctor, con un tono di sfida.

«Forse saprò giocare meglio un altro tipo di partita» ribatté Fogg, alzandosi in piedi.

«Quando e dove volete! E con l'arma che preferite!» rispose Proctor, per nulla impressionato.

«Signore» riprese Phileas Fogg, in tono molto garbato «ho molta fretta di tornare in Europa e il minimo ritardo potrebbe nuocere gravemente ai miei interessi. Ecco perché, dopo l'episodio increscioso di San Francisco, era mia fer-

ma intenzione venirvi a cercare in America».

«Ah! Ah! Ah! Volete darmi un appuntamento fra sei mesi? Perché non tra sei anni? Sono tutte scuse le vostre!» incalzò Proctor.

«E sia! Dove siete diretto?» chiese Fogg.

«A voi cosa importa dove sono diretto? Il treno si fermerà per dieci minuti alla stazione di Plum Creek. Dieci minuti saranno più che sufficienti per farvi assaporare la polvere da sparo del mio revolver».

«D'accordo, scenderò a Plum Creek» concluse Fogg.

«E ci resterete!» lo minacciò il tracotante colonnello Proctor.

«Chi può dirlo, signore?» disse Fogg.

Alle undici in punto il capotreno annunciò che, per recuperare il ritardo, non ci sarebbe stata alcuna sosta alla stazione di Plum Creek. Poi, venuto a conoscenza del duello, disse:

«Signori, nessuno vi impedisce di battervi durante il viaggio in coda al convoglio».

«Mi sembra un'idea eccellente!» esclamò Fogg.

Si recarono dunque verso l'ultima carrozza che, essendo lunga una ventina di metri, si prestava benissimo al duello.

Al primo fischio della locomotiva, avrebbero fatto fuoco e, dopo due minuti esatti dall'ultimo sparo, i testimoni dello scontro sarebbero andati a recuperare quel che restava dei due gentleman. Si prepararono. A un certo punto, però, si udirono urla selvagge, colpi di armi da fuoco e grida terrorizzate provenire da parti diverse del treno. Non era il duello: erano gli indiani, una banda di **Sioux** stava assalendo il treno!

Auda affrontò la situazione con grande coraggio: con la pistola in pugno, si difendeva sparando senza

Il mondo delle scoperte

I **Sioux** erano gli indiani che vivevano nelle grandi pianure centrali degli Stati Uniti e del Canada meridionale. I Sioux erano formati da sette tribù alleate e tutte insieme costituirono il gruppo indiano più potente del continente americano, diventato famoso per la grande resistenza all'invasione dei conquistatori europei.

Oltretesto

esitazione ogni volta che spuntava qualche selvaggio. Una ventina di Sioux erano stati colpiti a morte dai passeggeri, ma alcuni di loro avevano preso possesso della locomotiva e ora la facevano sfrecciare ad una velocità supersonica. Passepartout, allora, prese in mano la situazione e, intrufolandosi sotto le vetture, riuscì a risalire le carrozze attraverso le catene e le leve dei freni. Giunto in testa al treno, riuscì a sganciare la locomotiva dal resto delle carrozze. Queste proseguirono la loro corsa per qualche minuto e si fermarono a pochi passi dalla stazione di Fort Kearney. Qui, i soldati del forte, sentendo gli spari, intervennero prontamente. L'attacco fu respinto e nessuno dei viaggiatori fu ferito gravemente. Mancava però all'appello proprio Passepartout, che era stato rapito dai Sioux a cavallo.

Il signor Fogg decise di andare alla sua ricerca e chiese aiuto al capitano del forte: «Un uomo è scomparso, signore, dobbiamo recuperarlo assolutamente!».

Il capitano rispose freddamente: «Non posso lasciare il forte sguarnito e rischiare la vita di cinquanta persone per salvarne una».

Poi, però, commosso dallo straordinario coraggio del gentleman, ordinò ai soldati: «Trenta volontari!».

E trenta uomini furono messi a disposizione di Fogg per il recupero del viaggiatore rapito dagli indiani.

Phileas Fogg, senza pensarci, aveva messo a repentaglio la sua scommessa e la sua stessa vita per salvare il suo domestico!

Auda era ammirata e Fix non sapeva che pensare di quell'uomo: forse stava cogliendo l'occasione giusta per scappare via con la refurtiva... e lui lo stava lasciando fare!

Intanto passava del tempo prezioso e il treno, recuperata la locomotiva, ripartì con tre ore di ritardo per New York. Quando, all'alba del giorno dopo, il signor Fogg ritornò insieme al suo domestico, Auda, felicissima, corse ad abbracciarli.

Fogg, senza batter ciglio, chiese quando avrebbe potuto prendere il treno successivo per New York. Auda, desolata, gli rispose che sarebbe stato possibile soltanto la sera. Le possibilità di arrivare in tempo per prendere la coincidenza del piroscafo per Liverpool erano minime.

Fix proprio non si aspettava di rivedere Fogg, che per lui rimaneva un ladro in fuga. Però si fece venire un'idea: affittare una slitta a vela e farsi trainare dai cani sulla neve fino alla stazione di Omaha; da lì potevano prendere il treno per Chicago e raggiungere New York.

L'impresa sembrava davvero impossibile.

Tutti imbacuccati per il grande freddo di dicembre, si misero in viaggio e, con grande fatica, riuscirono a percorrere su quella slitta più di venti miglia e giungere alla stazione.

A Chicago mancavano ancora novecento miglia per New York.

Quando finalmente arrivarono a destinazione, la nave chiamata China, che dopo nove giorni avrebbe attraccato a Liverpool, era partita ormai da quarantacinque minuti.

LA TRAVERSATA ATLANTICA

Quel giorno, nessuna nave sarebbe mai partita per l'Inghilterra. Passepartout era distrutto: sentiva che la colpa di quel drammatico ritardo era solo sua e, per questo, non riusciva a darsi pace. L'indomani era già il 12 dicembre. Restavano dunque solo nove giorni, tredici ore e quarantacinque minuti. Fogg, allora, andò al molo e cominciò a guardare con attenzione tutte le navi in partenza. Si avvicinò ad un uomo, il capitano di un piccolo mercantile, evidentemente pronto a salpare.

«Dove siete diretto, capitano?» gli chiese.

«A Bordeaux» rispose l'uomo, seccato.

«E avete passeggeri?».

«Assolutamente no, odio i passeggeri, sono solo una seccatura».

«Che ne dite» propose Fogg «di trasportarci a Liverpool, a me ed altri tre compagni? Noleggio la vostra nave».

«No!»

«Ve la compro, allora».

«Ho detto di no, sono diretto a Bordeaux e andrò a Bordeaux».

«Ebbene, volete portarmi a Bordeaux?» tentò di nuovo il signor Fogg.

«Nemmeno per duecento dollari!».

«Vi offro duemila dollari a passeggero».

«Va bene! Parto alle nove» grugnì il capitano.

Nella sua lotta contro il tempo, Phileas Fogg aveva speso, fino ad allora, la bellezza di settemila sterline! Il primo giorno di navigazione trascorse senza problemi. Il mercantile Henrietta filava via rapidamente verso est. Il mattino seguente, a sorpresa, un altro uomo prese il comando della nave al posto del capitano. Ma cos'era successo? Ebbene, Fogg aveva continuato a chiedere al capitano di fare rotta verso Liverpool, ma questo non voleva saperne. Tuttavia, il gentleman era stato così abile e, soprattutto, prodigo di banconote con tutti i membri dell'equipaggio, che questi, stufi da tempo del loro comandante, passarono a poco a poco dalla sua parte. Così, alla fine, i mozzi rinchiusero il capitano nella sua cabina e lo lasciarono lì a inveire per tutto il tempo. Fogg, ora al timone dell'Henrietta, cambiò subito rotta per Liverpool. Dopo qualche giorno, il carbone per alimentare le caldaie, usato in abbondanza per aumentare velocità, era ormai agli sgoccioli. Senza scomporsi, Fogg si diresse verso la cabina del capitano.

«Signore» chiese il gentleman «sono costretto a bruciare la parte di legno della vostra nave perché non abbiamo più carbone, vi pregherei quindi di vendermela».

«Bruciare la mia nave... Una nave che vale cinquantamila dollari!» esclamò il capitano.

«Eccovene sessantamila e riavrete anche lo scafo in ferro e i macchinari» disse Fogg, porgendo le banconote senza fare una piega. Per il capitano, l'offerta era assai vantaggiosa. Quella vecchia nave era ormai un rottame. Così, in men che non si dica, i marinai iniziarono a smontarla e a bruciarla pezzo dopo pezzo, fino all'una del mattino del 21 dicembre, quando il signor Fogg, bruciato anche l'ultimo legno dell'Henrietta, fu costretto ad attraccare a Queenstown, sulla costa irlandese. Da lì, in ogni caso, avrebbe potuto prendere il treno per Dublino e poi il vapore per Liverpool.

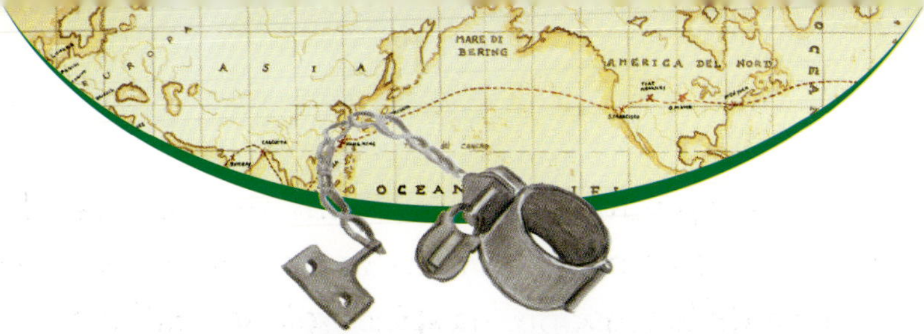

L'ARRESTO DI FOGG E IL SUO MATRIMONIO

Mancavano venti minuti a mezzogiorno del 21 dicembre quando il signor Fogg arrivò finalmente sul molo di Liverpool.

Appena arrivato, sentì una mano sulla spalla e una voce:

«Siete voi il signor Phileas Fogg?». Era l'agente Fix.

«Sì, signore, sono io» rispose il gentleman.

«In nome della regina, vi dichiaro in arresto!».

Dunque Fogg si ritrovò in prigione, in attesa del trasferimento nelle carceri di Londra.

Passepartout non riusciva a perdonarsi: lui sapeva chi era Fix, che cosa pensava di Fogg e che cosa avrebbe fatto una volta approdato sul suolo inglese!

Quell'arresto significava la fine per Fogg, non c'era dubbio. Mancavano nove ore all'appuntamento con gli amici del club e sei ore di treno per arrivare a Londra.

A un certo punto, Fogg vide Fix entrare nella sua cella.

Era tutto in disordine e rosso in viso. Disse: «Signore, io vi devo delle scuse... Una spiacevole somiglianza... Il ladro... è già in prigione... Voi siete libero».

Fogg si alzò, lo guardò in faccia e, con un gesto rapido delle braccia, gli diede un pugno. Poi, corse verso il treno per Londra.

Erano le due e quaranta quando arrivarono alla stazione, mancavano esattamente sei ore e venti minuti: Fogg poteva ancora farcela...

Purtroppo, però, il treno incappò in alcuni ritardi forzati e arrivarono a Londra solo alle nove meno dieci.

Per soli cinque minuti, Fogg aveva perso la scommessa!

Phileas Fogg poteva contare su un patrimonio di ventimila sterline, ma ora quei soldi li doveva ai soci del club.

Insomma, non aveva più un soldo.

Auda non sapeva proprio come essere d'aiuto, era affranta e impotente.

L'indomani, nella casa di Saville Row, Fogg volle parlarle:

«Signora, volevo portarvi lontano da quelle zone selvagge dell'India e assicurarvi un futuro migliore, ma ora sono un uomo rovinato».

«Non so come sdebitarmi per ciò che avete fatto per me, signore. Che ne sarà di voi, non avete parenti o amici?».

«Nulla, signora, non ho bisogno di nulla».

«Volete una persona che vi stia vicino? Mi volete per moglie?».

A quella domanda, Fogg chiuse gli occhi e rispose:

«Vi amo, signora, e sento di appartenere solo a voi».

Proprio in quel momento entrò Passepartout, che capì subito tutto:

«Mai troppo tardi! A quando le nozze? Per domani? Lunedì?».

«E sia per domani!» rispose Auda felice. Passeparout corse subito dal reverendo a fissare l'appuntamento per il matrimonio.

L'ERRORE DI CALCOLO

La sera in cui la scommessa si sarebbe conclusa, al prestigioso club di Londra c'era un gran fermento. I soci del club stavano sulle spine:

«Non verrà, non ci sono dubbi. Domani incasseremo l'assegno di ventimila sterline dai Fratelli Baring» disse un gentleman.

Scoccarono le otto, le otto e trenta, le otto e quaranta.

«Mancano cinque minuti, è evidente che Fogg non verrà».

Le otto e quarantadue e quarantatré e quarantaquattro.

«Solo un minuto!».

Al cinquantacinquesimo secondo dell'ultimo minuto si sentirono un enorme boato e grida provenire dall'esterno. Erano le persone che si erano appassionate alla storia della scommessa. Le porte si spalancarono; Phileas Fogg entrò nella grande sala del club.

«Eccomi, signori» annunciò con voce calma.

Ma cos'era successo? Non aveva Fogg perso la scommessa? Ebbene, quando Passepartout era andato di corsa dal reverendo a fissare le nozze, si era accorto che l'indomani non era lunedì, bensì domenica!

Fogg, dunque, aveva sbagliato giorno! Era arrivato a Londra con un giorno d'anticipo, ma non se n'era accorto! Subito il domestico era corso dal suo padrone per avvisarlo. Questi aveva chiamato un cocchiere che, dopo avere investito due cani ed essersi scontrato con cinque carrozze, era arrivato al club giusto in tempo per le otto e quarantacinque.

Ora, come è possibile che un uomo tanto meticoloso si sia sbagliato in modo così grossolano?

La risposta è un tantino complessa: Fogg era arrivato con un giorno d'anticipo perché aveva fatto il giro del mondo andando verso est, cioè incontro al Sole.

In questo modo, senza saperlo, aveva guadagnato quattro minuti per ogni grado e un'ora per ogni fuso orario attraversato.

Compiendo il giro del mondo e attraversando tutti e ventiquattro i fusi orari aveva quindi accumulato ventiquattro ore di vantaggio, esattamente un giorno intero.

Cosa sarebbe successo se fosse andato ad ovest?

Be', quel giorno, invece di guadagnarlo, lo avrebbe perso! Phileas Fogg vinse così le ventimila sterline.

Tuttavia, avendone spese quasi diciannovemila durante il viaggio, il guadagno, in realtà, fu assai modesto.

Quando tornò a casa, il signor Fogg chiese ad Auda:

«Signora, siete ancora dell'idea di sposarmi?».

«Signor Fogg, dovrei essere io a farvi questa domanda. Eravate rovinato, adesso siete un uomo ricco...».

«Perdonate, signora, ma siete in errore. Se voi non aveste avuto l'idea di sposarmi, Passepartout non si sarebbe mai accorto del mio errore, dunque, il merito è vostro!».

Cosa ricavò il nostro eroe da quel viaggio? Niente, si dirà. Niente, è vero, salvo una donna che lo rese il più felice degli uomini. Non lo si farebbe per molto meno il giro del mondo?

Prima edizione: giugno 2014

Ristampa
1 2 3 4 5

Anno
2014 2015 2016 2017 2018

Stampato in Italia